AF590546

LE
GENTILLÂTRE,
COMÉDIE
EN TROIS ACTES,
ET EN PROSE;

Par M. MERCIER.

PRIX 24 sols.

A AMSTERDAM,

Et se trouve à PARIS,

Chez
- la Veuve BALLARD & Fils, Imprimeurs du Roi, rue des Mathurins;
- la Veuve DUCHESNE, Libraire, rue Saint-Jacques, au Temple du Goût;
- VENTE, Libraire des Menus-Plaisirs du Roi & des Spectacles de Sa Majesté, rue des Anglois.

M. DCC. LXXXI.

AVERTISSEMENT.

CETTE Comédie eſt deſtinée à mettre dans un jour théâtral ce qu'un orgueil mal fondé a de petit, d'odieux & de ridicule. Ce n'eſt pas tout-à-fait dans la Capitale que l'on pourra bien juger de la reſſemblance du portrait. On l'appréciera beaucoup mieux dans le fond de quelques provinces, où réſident les originaux qu'on a voulu peindre. Le tableau avoit des couleurs plus expreſſives & plus fortes; mais des raiſons que l'on devinera ſans peine, ont exigé des teintes moins vives & beaucoup plus radoucies.

On ne diſſimulera point que l'on a mis à profit pluſieurs traits iſolés, répandus dans quelques ouvrages modernes ſur les mœurs. Ces rapprochemens n'ont jamais été interdits aux Auteurs dramatiques. Il faut qu'ils raſſemblent avec ſoin tout ce qui doit imprimer à un perſonnage idéal, une phyſionomie vivante & animée; on a donc ſaiſi, pour l'intérêt d'une plus grande reſſemblance, tout ce qui pouvoit ſe fondre dans le ſujet, & ajouter à la vérité du pinceau.

PERSONNAGES.

LE BARON DE TEMPESAC.

LE MARQUIS DE ***.

ERASTE, *Gentilhomme.*

LE COMTE DE ***, *beau-frere du Baron.*

CONSTANCE, *fille du Baron.*

CAROLINE, *femme-de-chambre de Constance.*

LE BAILLI.

UN FERMIER.

UN PAYSAN.

SUITE DU BAILLI.

PAYSANS.

DOMESTIQUES.

La Scène est dans une petite Ville de Province, & le Château voisin.

LE GENTILLÂTRE, *COMÉDIE.*

ACTE PREMIER.

SCÈNE PREMIERE.

ERASTE, *seul.*

NON ! il n'y a point d'homme plus malheureux que moi... Je vivois à Paris, tranquille, heureux, répandu dans la meilleure société... Je fais un voyage en ces cantons ; j'entre par hasard au château de Tempesac ; j'y tombe amoureux d'une fille charmante, & pleine de raison ; mais son pere se trouve un homme d'un caractère brutal, insupportable, odieux... Mon amour, que je combats, s'accroît dans l'absence. Pour la voir de plus près, je renonce à la Capitale, j'achete une charge d'Épée, & je me convaincs bientôt que j'ai affaire à l'homme le plus déraisonnable; si je veux obtenir sa fille, il me faut dissimuler mon antipathie! Entraîné comme par une main invisible, je visite de préférence son château; toute cette petite ville jalouse en prend de l'humeur, & se souleve contre moi... comment obtiendrai-je la fille de ce Baron dur & bizarre?.. J'ai écrit à son oncle, homme sensé & généreux; il ne me fait point de réponse: seroit-il malade ou mort? je perdrois ma derniere espérance... cruel état! d'adorer la fille! de détester le pere!

SCÈNE II.

ERASTE, CAROLINE.

ERASTE, *étonné.*

TE voilà, Caroline, si matin!

CAROLINE.

On m'a mise à la porte hier avant le dîner, & je suis venue à la ville.

ERASTE.

Tu es sortie de chez le Baron! & pourquoi?

CAROLINE.

Tantôt je vous dirai le pourquoi... J'ai quelque chose de plus pressé à vous communiquer.

ERASTE.

Et que deviendra ta pauvre maitreſſe, qui n'avoit que toi pour confidente ?...

CAROLINE.

Je l'ai quittée noyée dans les pleurs, ſuffoquée par les ſanglots qui l'empêchoient de parler ; elle ne pouvoit que s'écrier, malheureuſe que je ſuis ! ... tenez, voici une lettre qu'elle a écrite à la dérobée.

ERASTE, *baiſant la lettre.*

Donne : je reconnois l'écriture d'une main.... (*après un ſilence*) Elle me prie avec inſtance de l'aller voir, d'arriver chez elle d'aſſez bonne heure pour prévenir le retour de ſon pere qui doit aller à la chaſſe... elle me dit que ſes malheurs ſont parvenus à leur comble....

CAROLINE.

Je ne ſais comment elle y réſiſte encore.

ERASTE.

Pere inhumain ! mon cœur eſt déchiré !

CAROLINE.

Prenez pitié de ma maitreſſe ; elle croit à votre probité, prenez un parti déciſif, enlevez-la...

ERASTE.

Que dis-tu ?

CAROLINE.

Tranſportez-la chez ſon oncle, ou dans un couvent.

ERASTE.

Tu perds le ſens... Caroline...

CAROLINE.

Ce ne ſera point un crime... Elle a vingt-ſept ans... tout le monde vous en ſaura gré.

ERASTE.

Son oncle déſapprouveroit formellement une pareille entrepriſe... d'ailleurs, l'honnête homme obéit aux loix, toutes cruelles qu'elles ſont ; il reſpecte l'ordre public & l'autorité paternelle, juſques dans l'inhumain qui en abuſe.

CAROLINE.

Elle ne vous a point dit la vingtième partie de ce qu'elle a à ſouffrir ; s'il eſt groſſier devant le monde, il eſt inſupportable & féroce en particulier ; il ne craint point de profaner, par les juremens les plus effroyables, les oreilles timides & chaſtes de ſa fille, qui eſt une colombe pour la douceur, & un ange pour l'innocence.

ERASTE.

Hélas !

CAROLINE.

Je ne regrette que ma maitreſſe... Je ne ſuis reſtée ſi long-temps dans cet ennuyeux château qu'à cauſe d'elle.

ERASTE.

Je le ſais.

CAROLINE.

Juſqu'ici vaincue par ſes prieres, j'ai combattu... & qui réſiſteroit à ſes larmes ?.. mais enfin...

ERASTE.

Et tu n'as pu ſurmonter à cauſe d'elle, par un généreux effort, la répugnance que t'inſpiroit le Baron ?

CAROLINE.

Ah ! Monsieur ... vous savez ... faut-il vous le dire ?.. vous savez qu'il a fait violence à plusieurs femmes-de-chambre de sa fille ... je n'en ai pas été exempte, moi qui vous parle ; & ce n'est qu'aux soins que j'ai pris d'être toujours avec Mademoiselle, que je me suis dérobée ... mais j'aurois été avilie à mes propres yeux, en me mettant dans le cas d'essuyer un dernier outrage.

ERASTE.

Je le vois ; c'est à raison de ta vertu qu'il t'a chassée.

CAROLINE.

Je ne le dirois pas à d'autres qu'à vous ; mais la confiance que j'ai en votre discrétion...

ERASTE.

Tu es bien sûre qu'elle m'aime ?

CAROLINE.

Vous êtes bien peu pénétrant, ou bien exigeant, si vous en doutez ... elle vous préfere à tous ceux qu'elle a vus ... elle prononce fréquemment votre nom....

ERASTE.

Ah ! que tu me rends satisfait !..

CAROLINE.

Ne manquez pas de vous rendre aujourd'hui au château ... & de bonne heure.

ERASTE.

J'irai.

CAROLINE.

Allez-y donc plus ſouvent...

ERASTE.

Mais, je crains que notre tyran...

CAROLINE.

Votre préſence le contient. Quand vous n'y êtes pas, le déſordre règne dans la maiſon ; il ne ceſſe pendant le repas de gronder ſa fille, de jurer contre ſes gens, & de maltraiter ſes chiens, qu'il préfere néanmoins à tout le reſte ; il n'interrompt cet exercice que pour boire, & à la fin du repas, il eſt ſi pris de vin, qu'il faut le ſoulever de table ; ſa fille lui donne le bras pour le conduire au ſallon, alors ſauve qui peut. S'il ne ronfle pas dans ſon fauteuil, & de la plus grande force, la ſalle retentit de ſes imprécations, & ſes fureurs violentes ne reſpectent pas toujours ſa fille.

ERASTE.

Hélas ! l'intérêt dû à ſes malheurs, m'avoit déja favorablement diſpoſé pour elle... je les avois appris par la voix publique. Un jour que le pere étoit allé faire une coupe de bois autour de ſon parc, j'entrai, pour mieux m'aſſurer de ſon état, & je la trouvai pleine de graces, d'eſprit, de ſageſſe, de modeſtie, & d'une figure qui annonçoit l'ame la plus courageuſe & la plus élevée.

CAROLINE.

Ah ! Monſieur, que ſeroit-ce donc, ſi le chagrin qu'elle ne peut vaincre qu'à demi, n'altéroit pas ſa beauté ?..

ERASTE.

Mais, quel revers pour ma tendresse ; quand je vis entrer le pere ! . . Dieu ! . . je suis, à ce que j'imagine, un peu physionomiste. . .

CAROLINE.

Je ne vous soupçonnois point ce dangereux talent...

ERASTE.

Je lus son ame sur sa physionomie dure ; sa fille, en regardant son pere, avoit le visage éteint, & tout le corps dans un tremblement universel ; elle n'osoit parler, elle montroit plus que de la timidité ; cette voix altiere & rauque, qui contrastoit avec cette voix douce & touchante... Cette situation me frappa; je ne voulois pas me lier avec un pareil homme, & cependant, au bout de quelques jours, je me trouvai persécuté par un sentiment secret qui me portoit vers sa fille, & ma sensibilité fit taire mon antipathie.

CAROLINE.

Ah ! quel rapport, quel rapport entre vos cœurs !.. vingt fois elle m'a parlé de cette premiere entrevue... mais ce vilain Marquis, cet espece d'Orang-outang l'obsede toujours.

ERASTE.

Je ne lui fais pas l'honneur de le redouter.

CAROLINE.

Mais, prenez-y garde ; si le Baron fait un choix par lui-même, ce ne sera que d'un bandit, élevé dans ses principes, & ce Marquis, vieux débauché, qui parle sans cesse mal des femmes, paroît lui convenir...

ERASTE.

Seroit-il possible ?... Tu m'alarmes.

CAROLINE.

Je vous le répéte, enlevez-la, Monsieur, enlevez-la, je vous en supplie...

ERASTE.

Mais, tu extravagues, Caroline.

CAROLINE.

Vous ferez une action charitable, & dont tout le monde vous remerciera.

ERASTE.

Je ne puis rien oser, parce qu'on ne verroit que l'enlevement, & non les motifs qui pourroient l'excuser,.., puis les loix...

CAROLINE.

Les loix doivent-elles éterniser notre infortune?.. Je ne serois pas embarrassée, moi, de prouver devant les tribunaux, que cela deviendroit très-légitime; car il y va de sa vie.

ERASTE.

Tu me déchires l'ame.

CAROLINE.

Et pourquoi ne pas permettre à une femme de plaider une bonne fois une pareille cause, & qui l'intéresse de si près, en présence des Magistrats assemblés? on entendroit des raisons nouvelles, que tous vos Parlemens & tous vos Avocats n'ont jamais entrevues.

ERASTE.

Hélas !

CAROLINE.

Vous soupirez ... grande ressource !.. mais son bourreau la fera mourir à petit feu dans le désespoir, la langueur, & les ennuis d'un triste célibat.

ERASTE.

Arrête, je sens toutes ses peines ... mais, j'entends quelqu'un.

CAROLINE, *effrayée.*

Oh ! c'est lui ... le terrible homme !.. mon sang se glace ... cachez-moi bien ... il me tueroit.

ERASTE.

Personne ne te verra, passe par-ici. (*Caroline entre dans un cabinet*) Il vient me relancer ... quel supplice que d'avoir à cacher le sentiment pénible que m'inspire sa présence !

SCÈNE III.

LE BARON, *avec des bottines, un surtout de pluche bleue, une cravate noire, un plumet rouge, & un fusil à la main*, LE MARQUIS, ERASTE.

LE BARON.

ALLONS, viens-tu à la chasse avec nous, ce matin ?

ERASTE.

Dispensez-m'en, Messieurs, j'ai à écrire...

LE BARON.

Euh, oui, lire & écrire; belle occupation à votre âge!...

LE MARQUIS.

Un gentilhomme se latiniser la tête, lire, gratter du papier...

ERASTE.

Cela m'amuse, & remplit le vuide de mes journées.

LE BARON.

Où est le temps, morbleu, où un Roi de France, pour signer, trempoit le gantelet dans un pot d'encre, sans daigner toucher la plume du bout du doigt, & imprimoit ainsi sa signature de toute sa main royale?

LE MARQUIS.

Si j'étois Roi, je ne signerois les dépêches, morbleu, que du pommeau de l'épée!

LE BARON.

Charlemagne, quoiqu'on dise avec emphase de sa protection envers les savans, ne savoit pas écrire, j'en suis certain.

LE MARQUIS.

Il ne marquoit, du moins comme je vous le disois tantôt, que la premiere lettre de son nom, un K, voilà tout.

ERASTE.

Il signoit en monogramme, voulez-vous dire?

LE BARON.

En monogramme, ou autrement, qu'importe....

mes aïeux n'ont jamais ſu ſigner leur nom, Dieu-merci, & je ne vois aujourd'hui que des gentilshommes qui ont la foibleſſe de lire, & qui même ne rougiſſent pas de déshonorer leur famille en cultivant les lettres; cela me tranſporte d'une indignation contre le ſiècle !....

LE MARQUIS.

Je voudrois que l'on jettât dans la riviere les trois Académies qui occupent ſi indécemment le Louvre... le Louvre eſt dégradé par cette roture...

ERASTE.

Vous n'aimez pas les ſciences, Meſſieurs...

LE MARQUIS.

Et qu'eſt-ce que tout cela apprend ? rien...

ERASTE, *ſouriant.*

Rien...

LE BARON.

Que ſait-on de plus ? ton Socrate l'a dit; après une vie entiere d'étude... *je ſais que je ne ſais rien.*

ERASTE.

Il eſt vrai.

LE MARQUIS.

Le beau réſultat ! à ce compte, je ſuis tout auſſi avancé que Socrate, moi.

ERASTE, *ironiquement.*

Mais il n'y a rien de plus plaiſant au monde, que de ne rien ſavoir...

LE BARON, *avec emphaſe.*

Le dédain des livres, l'amour de la chaſſe, voilà l'apanage du véritable gentilhomme... Et que ne fais-tu comme nous, que ne viens-tu dans l'Abbaye voisine ? on y fait bonne chere ; la table est dressée dès huit heures du matin, & jamais desservie... C'est à qui préviendra l'ennui.

LE MARQUIS.

Point de bibliotheque poudreuse dans la maison...

LE BARON.

Le cuisinier est l'homme le plus important & le plus occupé... & que feras-tu ici avec tes habitudes solitaires, renfermé comme un hypocondre ?.. Va plutôt faire ta cour à des femmes... toutes celles de la ville soupirent en ce moment après toi. A ton âge, j'étois téméraire, impétueux, je ne m'amusois pas aux formalités des soupirs. Je brusquois, je triomphois... Si tu avois l'ambition d'aller essayer le pouvoir de ta figure & de ta bonne mine...

ERASTE.

Je m'instruis des devoirs de mon état... un Officier doit se rendre utile à sa patrie.

LE BARON.

Mais, n'êtes-vous pas un ainé de famille, Monsieur ?..

ERASTE.

Oui.

LE BARON.

Et moi aussi, parbleu ; ainsi donc, mon cadet a servi, il étoit fait pour cela ; mais un ainé ne doit pas servir, qu'au préalable, on ne lui donne un régiment...

LE MARQUIS.

Il y a long-temps que Monsieur de Tempesac seroit Général, s'il s'étoit donné la peine de servir.

LE BARON.

La noble fierté est l'attribut de tous les aînés de notre maison ; ce n'est pas à eux de supplier la Cour. Ma fille, malgré son sexe, sent toutes les prérogatives de son extraction...

LE MARQUIS.

Oh ! c'est une admirable créature ! .. il est impossible qu'elle déroge...

LE BARON.

Qu'elle déroge ! tubleu ! à six ans elle donna un soufflet au fils d'un Président qui en avoit huit, & qui avoit osé l'embrasser à la fin d'un menuet ; après quoi elle lui présenta noblement sa main à baiser.

LE MARQUIS.

Voilà une action qui attestoit sa dignité héréditaire : & qu'on révoque en doute la force du sang !

LE BARON.

Oui, c'est mon sang qui agissoit en elle ; car sa mere, (je puis me vanter qu'elle avoit deux quartiers de noblesse de moins) ... aussi les fautes de mes enfans ne procedent que du levain vicieux de leur mere.

ERASTE, *à part.*

Faut-il que je sois obligé d'écouter de telles absurdités !

LE BARON.

Je dis un peu cela pour toi, parce que tu as fait,

dit-on, quelques complimens à la fille de la Présidente.

ERASTE.

Moi ? .. qui vous a dit cela ?

LE BARON.

Si tu épouses la fille de la Présidente, nous te ferons mettre l'épée à la main.

ERASTE, *avec fermeté.*

Je ne refuse pas de me battre quand on me provoque ; mais je puis vous protester que je n'ai jamais eu le dessein d'épouser la fille du Président.

LE BARON.

A la bonne heure ... je te crois trop d'honneur pour te mésallier, pour songer à la robe...

ERASTE.

Je vous ferai observer néanmoins, que cet état ne déroge pas à la noblesse : il faut autant de courage, de fermeté, de désintéressement pour porter avec honneur le glaive de Thémis que celui de Mars.

LE BARON.

La belle phrase ! .. Voilà ce qu'inspirent les livres. Maudite Imprimerie ! .. oh ! que j'en veux à tout ce fatras.

ERASTE.

Au reste, je ne sors presque plus, & je ne m'en repens pas.

LE BARON.

Je vais aussi très-rarement à la ville ... un homme comme moi n'est pas fait pour visiter ces gens-là ...

croiriez-vous que du vivant de ma femme, une Madame de Dauphinaſſe oſa s'aſſeoir dans un fauteuil à bras, quand Madame de Tempeſac lui fit l'honneur de la viſiter.

LE MARQUIS, *faiſant l'étonné.*

Quoi ! elle oſa traiter d'égale à égale ; & de quel droit, s'il vous plaît ?

LE BARON.

Si je me donnois la peine de revoir les titres de ma maiſon, j'y trouverois plus de cent vaſſaux qui valent mieux qu'eux.

LE MARQUIS.

Je le crois... un vilain annobli depuis deux cens ans, voilà tout ce qu'on rencontre aujourd'hui portant la tête haute ſur le pavé.

LE BARON.

La tête haute ! tandis qu'un de mes ancêtres a marché à la premiere Croiſade, & que dans ma ſalle d'armes je poſſede encore ſon baudrier.

LE MARQUIS.

Je crains de m'encanailler à la ville ... qu'y voit-on ? une Madame de Pleinſec, qui s'eſt fait nommer Dame de Charité, pour pouvoir médire plus à ſon aiſe.

LE BARON.

Et Monſieur l'Avocat du Roi, très-mince, très-plat, bouffi d'une vanité ſans meſure, qui étudie le matin ſes anecdotes & ſes hiſtoriettes, & qui ſe trouve tout dérouté quand ſa mémoire eſt en défaut, parle-t-il toujours d'aller étonner la Capitale de ſa rare éloquence ?

LE MARQUIS.

Et Madame de Lonsel, & son grand Directeur. . .

LE BARON.

Et Madame de Verli, qui n'ose parler qu'avec un extrême ménagement à son laquais, quand elle le voit de mauvaise humeur . . . ah ! ah ! ah !

LE MARQUIS.

Et Madame de Pusos, qui sait & répete les histoires scandaleuses de plus de cent familles à la ronde, & qui croit qu'on a oublié qu'elle avoit obtenu un mari par arrêt de la Cour.

LE BARON, *à Eraste.*

Par arrêt de la Cour ! . . ah ! ah ! je crois que tu ne vois plus cela. . .

ERASTE, *sortant de sa rêverie.*

Je ne vois plus personne . . . on dit à Paris que la vie de province est moins dissipée, qu'on y vit plus avec soi-même, & que l'on y peut réfléchir, que l'intérêt & l'intrigue y regnent moins, que l'amitié y est plus sincere ; on se trompe. Les tracasseries, les petitesses, les jalousies plus actives qu'ailleurs, épuisent les jours, & l'inutilité absolue de tant de miseres vous fatigue & vous excede ; il vaut mieux être un atôme imperceptible dans la Capitale, où l'on dispose du moins de son temps à son gré, que de tomber dans cette anarchie tumultueuse, où l'on se trouve mêlé, à son insu, dans les plus sots caquets. . .

LE BARON.

A propos, comment as-tu fait ton compte, pour te brouiller

brouiller subitement avec la moitié de la ville, & soulever l'autre contre toi...

ERASTE.

Fort innocemment, je vous jure.... je me suis mis en route pour faire mes visites, & en sortant de chez moi, je suis entré tout naturellement dans la maison la plus voisine; j'ai suivi mon chemin, en m'arrêtant à droite & à gauche, & voulant faire politesse à tout le monde. Qu'est-il arrivé? Que l'on m'a fait un crime irrémissible d'avoir suivi l'ordre du quartier, au lieu de prendre l'ordre des qualités; le Président est furieux de ce que j'ai débuté par le Receveur des Fermes; le Lieutenant des Eaux & Forêts ne me pardonne pas d'avoir visité avant lui le Directeur; l'Elu jette les hauts cris de ce que je ne l'ai vu qu'après le Contrôleur des Domaines, & le Conseiller me taxe de n'avoir vécu qu'en mauvaise compagnie, parce que ma chaise s'est d'abord arrêtée à la porte du Receveur du Grenier à Sel. C'est un déchaînement universel, & l'on a balancé à me rendre mes visites.

LE BARON.

Tu ne connois pas aussi la distinction des rangs, & tu ignores ce qu'on doit à la morgue pédantesque d'un Président.

ERASTE.

Il auroit fallu circuler avec mes porteurs huit jours de suite pour accomplir l'ordre qu'on exigeoit; j'ai eu, ma foi, pitié de mes porteurs...

LE BARON.

Tu restes donc, adieu ... ne manque pas, du moins, à venir dîner avec nous au château.

ERASTE.

Je n'y manquerai pas.

LE MARQUIS.

Vous ſerez tantôt complice de notre chaſſe, Monſieur le Philoſophe, car vous en mangerez...

LE BARON.

Adieu, grand lecteur de fariboles.

LE MARQUIS.

Laiſſez-le... ſon appétit n'égalera pas le nôtre...

LE BARON.

Bon! il ſavoure délicieuſement l'œuvre des Muſes!

SCÈNE IV.

ERASTE, *ſeul.*

ET il me faut ſupporter ſa ſociété... manger à ſa table ... il n'eſt donné qu'à l'Amour de remporter une telle victoire... Ciel, il ne ſe peut que tu l'ayes ornée de tant de vertus, pour la laiſſer à jamais entre de pareilles mains! (*appellant Caroline*) Caroline, Caroline, tu peux ſortir préſentement.

CAROLINE, *derriere la ſcène.*

Eſt-il loin, Monſieur?.. eſt-il bien loin?..

ERASTE.

Oui... viens... tu peux paroître...

CAROLINE.

M'en répondez-vous ; ne reviendra-t-il point sur ses pas ?

ERASTE.

Non...

CAROLINE, *avançant à pas comptés.*

Je tremble d'approcher & de rencontrer jusqu'à son ombre : ah ! mon Dieu ! (*elle recule, paroissant sur la scène*) je suis toute tremblante...

SCENE V.

ERASTE, CAROLINE.

ERASTE.

RASSURE-TOI ... & de quoi as-tu peur ?

CAROLINE.

J'ai bien de la peine à me rassurer ... n'étoit-il pas là avec son fusil, ce terrible homme ? ..

ERASTE.

Eh bien ! que te fait son fusil & sa personne ?

CAROLINE.

Ah ! vous ne l'avez pas vu comme moi, les yeux rouges, étincelans ... si vous l'aviez vu...

ERASTE.

Tu es donc à la ville depuis hier ? ...

CAROLINE.

Oui, Monſieur ; & depuis ce temps-là j'ai eu aſſez de loiſir pour entendre votre panégyrique, diviſé en pluſieurs points.

ERASTE.

Comment parle-t-on de moi, je ne fréquente plus perſonne ?

CAROLINE.

C'eſt à cauſe de cela... il faut que la bonne compagnie vous ſoupçonne d'avoir conçu du mépris pour elle ; & cela ne ſe pardonne point... car dans cette ville, on avoit des vues ſur vous, à ce qu'il paroît.

ERASTE.

Je n'ai pu me familiariſer avec le vuide de toutes ces ſociétés... chacun vouloit m'attirer dans ſon parti, & je n'ai voulu en épouſer aucun.

CAROLINE.

Eh bien ! il en réſulte que vous avez tout le monde pour ennemi ; de tout côté on ſe ligue contre vous ; on releve malignement ce que vous avez dit...

ERASTE.

Ou plutôt ce que je n'ai pas dit, car je ſuis l'homme de France qui parle le moins des autres...

CAROLINE.

Il faut que cela ſoit encore pis que de parler ; car ſi vous gardez le ſilence, on ne le garde pas ſur votre compte ; on recherche votre naiſſance, vos mœurs, d'où vous venez, ce que vous avez fait, ce que vous êtes, ce que vous faites, & ce que vous ferez...

ERASTE.

Eh bien, l'on dit... (*s'arrêtant*) au reste, je ne veux pas le savoir... qu'importe, les idées d'autrui sur notre compte... comme si cela pouvoit changer quelque chose à notre situation.

CAROLINE.

Tous ces propos viennent de ce que vous ne savez pas vivre en province, c'est-à-dire, vous ennuyer décemment; vous ne jouez pas, & c'est-là le plus grand des torts.

ERASTE.

Je n'ai pas besoin de coteries, j'aime... mes jours sont remplis... Qu'irai-je faire? passer une soirée entiere à filer ennuyeusement des cartes, voir tous les yeux fixés & les esprits tendus sur l'apparition d'une figure, perdre souvent les plus belles heures du jour dans la plus belle saison de l'année... Je ne blâme les goûts de personne, assurément; mais il y a de terribles douairieres qui s'incorporent aux coussins d'un fauteuil, & qui ne s'en détachent jamais. Au milieu d'une campagne délicieuse qui invite à la promenade, on a beau regarder à travers les fenêtres la lumiere brillante qui dore les bois, on a beau bâiller & prêter l'oreille au chant des oiseaux, on a beau contempler d'un œil d'envie le verd des prés, on vous fixe malgré vous sur un siége bien avant jusques dans la nuit, & vous ne pouvez pas plus jouir de la douce clarté de la lune, que des rayons du ſoleil...

CAROLINE.

Et vous ne parlez pas de ces jeunes filles qui, en ſe careſſant dans un coin, font aſſaut de jalouſie...

ERASTE.

Oh! je ne dis jamais de mal des jeunes filles; elles ſont toujours bonnes; ce n'eſt qu'après le mariage que les autres femmes les pervertiſſent & les rendent comme elles...

CAROLINE.

Et les merveilleux de ce canton?

ERASTE.

Oh! ce ſont des petits-maîtres gauchement ſinges, ridicules de la tête au pied, & à faire crever de rire...

SCÈNE VI.

ERASTE, CAROLINE, UN DOMESTIQUE.

LE DOMESTIQUE.

MONSIEUR, voici une lettre de la grand'poste...

ERASTE, *vivement.*

Ah! mon ami, donne. Si c'étoit celle que j'attends... oui ... je me flatte. Je crois ... oui ... c'est, c'est ... celle qui va décider ... lisons ... le cœur me bat.

CAROLINE.

Mais, Monsieur, vous allez la déchirer... Prenez donc garde.

ERASTE, *déchirant.*

Pourquoi une enveloppe ... lisons... « Je n'ai pu » vous écrire plutôt ; rendez-vous au château de » Tempesac, j'y serai le 14 sans faute ». (*avec transport*) C'est aujourd'hui.

CAROLINE.

Oui, Monsieur ; c'est aujourd'hui le 14.

ERASTE, *continuant.*

Bon!.. « Je ne veux pas qu'il soit dit que nous » nous sommes vus ailleurs ; j'ai pris les mesures » les plus sages pour abréger les douloureux chagrins

» de ma niece ; je les sens bien vivement ; je parle-
» rai, j'agirai, & ses malheurs, je crois, ne seront
» pas éternels ». Le Comte de ***. Je reconnois la main & l'ame de son oncle.... Allons, je pars. Adieu, Caroline. (*à son domestique*) Qu'on m'habille.

CAROLINE.

Adieu, Monsieur. — (*seule*) Il ne veut plus causer. Le voilà qui tombe dans ses rêveries ; comme il tient les bras en l'air ! comme il soupire ! .. ce que c'est que l'amour ! .. on n'en pourroit plus rien tirer... Allons-nous-en.

Fin du premier Acte.

ACTE II.

La Scène est au Château de Tempesac.

SCÈNE PREMIERE.

LE COMTE DE ***, ERASTE.

ERASTE, *embrassant le Comte.*

AH! Monsieur, vous êtes tout pour moi.

LE COMTE.

Votre conduite ne mérite que des louanges, & je me flatte de vous revoir tel que je vous ai connu.

ERASTE.

Vous voyez nos destinées, soyez notre juge.

LE COMTE.

Comptez désormais sur moi, ou la chose sera impossible, ou vous l'épouserez.

ERASTE.

Je suis vivement agité contre la crainte & l'espérance.

LE COMTE.

Vous avez, du moins, la liberté de lui rendre visite... C'est déja un grand point.

ERASTE.

Oui, parce que je prends soin d'imaginer quelque mariage en l'air, & qu'il est loin de soupçonner que j'aime éperduement sa fille : s'il le savoit, ce seroit pour lui un nouveau motif de la tyranniser, qu'il ne négligeroit pas.

LE COMTE.

Ne vous brusque-t-il pas quelquefois ?

ERASTE.

Quelquefois.... mais je ne lui oppose aucune résistance.... je suis amoureux, je dissimule....

LE COMTE.

Mais, ne vous tient-il pas des propos ?

ERASTE.

Non, parce que j'ai soin en même-temps de ne pas le rendre trop familier ; je lui ai raconté les combats dont je suis sorti à mon avantage, & il est persuadé que je ne suis pas endurant.... Mais, comment la soustraire à l'autorité cruelle qui l'opprime ?

LE COMTE.

Excepté le mariage, tout autre moyen me paroît impraticable. Recourir aux Tribunaux, c'est une marche lente, incertaine, & qui d'ailleurs fixe les regards du public.

ERASTE.

Et si je m'offrois enfin ?

LE COMTE.

Ne vous offrez pas encore, vous seriez refusé infailliblement....

ERASTE.

Savez-vous qu'il affecte de répéter souvent qu'il brûlera la cervelle à quiconque seroit assez hardi pour s'attacher à sa fille sans son aveu ; je sens bien que ce discours s'adresse à moi ; mais je feins de ne pas le comprendre.

LE COMTE.

Feignez toujours. (*Tirant un mouchoir de sa poche, & s'essuyant les yeux.*) Pardonnez ; je ne vois point ces lieux sans émotion.... C'est ici que ma sœur, ma pauvre sœur.... Ah ! Monsieur, périsse le jour où il l'épousa ! elle étoit née du caractere le plus doux, & fait pour tout supporter ; mais, malgré sa modération, que n'eût-elle pas à souffrir du Baron ! La fureur du jeu, l'emportement de la débauche, l'entraînèrent dans des habitudes qui devinrent incurables ; bientôt il ne garda plus de ménagement ; insensible à tout ce qui auroit pu toucher l'ame la plus féroce, il dépouilla sa femme de ses pierreries, de ses bijoux ; il brisa les coffres de sa toilette, enfonça les armoires, les commodes, les buffets ; vendit, dissipa le mobilier, en fit des sacrifices au jeu, à la prostitution, & réduisit ma sœur au point de n'oser se donner le nécessaire,

ERASTE.

Mais il n'a donc reçu aucuns principes, aucune ſorte d'éducation....

LE COMTE.

Lui ! amoureux de ſon ridicule deſpotiſme, il n'a ſu que ſe livrer aux extravagances les plus bizarres, & tout ce qu'il y a de plus abſurde a trouvé place dans ſa tête ; inutile à ſa patrie par eſprit d'indépendance, parlant mal de la Cour qu'il ne connoît pas ; tour-à-tour ſtupide & inhumain... écraſer la foibleſſe dans l'obſcurité d'un fief, telle eſt la prérogative dont il s'enorgueillit.

ERASTE.

Et les loix ne protegent point des femmes malheureuſes à ce point ?

LE COMTE.

Les implorer n'eſt pas triompher : elle aima mieux dévorer ſes chagrins : elle les cacha à tous les ſiens ; elle affecta même de la tranquillité ; elle ſouffrit ſans ſe plaindre, ſans demander aux hommes une juſtice que ſon barbare époux lui refuſoit ; elle eſt morte, & c'eſt ainſi que ſes peines ont pris fin.

ERASTE.

Je m'attendris ſur ſon ſort... Que la fille, du moins, ne ſoit pas auſſi infortunée.

LE COMTE.

C'eſt ce que je voudrois empêcher. Dès qu'il fût en état de porter un fuſil, il ſe rendit redoutable à tout le canton ; malheur aux payſans qui avoient des chiens, il les tuoit à leurs côtés ; plus malheureuſes encore les pauvres femmes qui oſoient couper de la fougere, ou ramaſſer du bois dans l'enceinte de la Gentilhommiere; elles étoient battues ſans pitié, & ſouvent eſtropiées.

ERASTE.

Hélas! c'eſt ce que nous avons vu trop ſouvent.

LE COMTE.

Il avoit un fils qui eſt mort de fatigues, en rempliſſant l'emploi de le ſuivre à la chaſſe, de mener ſes chiens, & de porter ſes fuſils. Le pauvre jeune-homme!

ERASTE.

Sa ſœur le pleure encore, & tous les jours.

LE COMTE.

Son pere diſoit fréquemment qu'apprendre à bien nétoyer un fuſil, c'étoit l'emploi eſſentiel d'un Gentilhomme. Il le formoit à ſe croire d'une haute importance ſur le globe terreſtre, lorſqu'il ſe trouveroit le ſoir autour d'un rôti de venaiſon... il l'envoyoit tous les jours à l'affût dans les marais, & avec les canards ſauvages... telle fut ſon unique éducation.

ERASTE.

Quel déplorable & funeſte préjugé!.. Il y a long-temps que vous ne l'avez vu?

LE COMTE.

Trois ans... & ſans vous, ſans ma niece, je ne le reverrois jamais; je m'eſtimerois heureux de pouvoir éviter ſa vue.

ERASTE.

Il a renchéri en extravagances depuis ce temps-là...

LE COMTE.

Oh! s'il n'avoit que des ridicules!

ERASTE.

Vous le verrez prendre les débris de son Château pour les ruines d'un Palais, comparer son Curé à un Pontife, ses Valets à des favoris, ses quatre chiens à une meute, six fusils & quelques armes rouillées à un Arsenal; il veut que ses paysans l'appellent Monseigneur, parce qu'il vaut bien, dit-il, un Intendant.

LE COMTE.

Ah! qu'il soit l'Intendant de leur bien-être, alors on ne lui contestera pas les noms les plus chers & les plus respectés.

ERASTE.

Il ne va à la Paroisse que le jour de Pâques; il prend alors un ancien habit écarlate à gros boutons d'or, à grands paniers, à larges manches; il marche gravement pour aller se faire encenser & asperger; le banc de sa Paroisse est pour lui un trône.

LE COMTE.

Hélas! il est bien temps que j'accours; je quitte une jolie habitation, que j'ai cherché à embellir depuis douze ans que je me suis retiré du service.... Ce seroit une vie très-douce, si elle n'étoit pas troublée incessamment par l'image de l'infortunée qui languit ici sous le joug le plus dur.

ERASTE.

Elle mérite bien votre tendresse.

LE COMTE.

Qui le sait mieux que moi ? ... c'est un cœur élevé que la frivolité ne sauroit remplir... Hélas ! & sa vie a été un sacrifice perpétuel ; mais ses sentimens sont restés inaltérables...

ERASTE.

J'ai souvent admiré la fermeté de son caractere ; l'amour aura-t-il la gloire de la toucher ?... Quand pourrai-je m'arracher d'ici, & emporter ce trésor aux lieux où l'on en sentira tout le prix ?

LE COMTE.

Il paroît que vous n'êtes pas grand admirateur de vos nouveaux compatriotes.

ERASTE.

Il s'en faut.

LE COMTE.

Et comment vivent-ils ?

ERASTE.

La mésintelligence regne entre les habitans, & le cérémonial complete leur sottise : c'est un commérage, un tissu de tracasseries...

LE COMTE.

Ils se plaident toujours ?...

ERASTE.

Le Chapitre a des procès contre deux Abbayes;

il plaide aussi contre le Doyen, le Chantre & l'Official. Les Chanoines plaident entr'eux pour la mense, les distributions, les droits de préséance & les honneurs du pas.

LE COMTE.

Bien.

ERASTE.

Les Chantres ont des difficultés avec les Chanoines, & les Chapelains sont intervenus dans la querelle...

LE COMTE.

A merveille.

ERASTE.

Le Bailliage & l'Election sont en instance; les Conseillers chicanent le Président qui le rend bien aux autres Officiers du Siége. Le Maire, les Échevins & les autres Officiers Municipaux sont en contestation avec toutes les autres Jurisdictions sur des droits indéchiffrables; le Syndic & les habitans poursuivent le Bureau de la Ville; les Collecteurs actionnent deux cens particuliers; le Curé a traduit en Justice le Prieur; & celui-ci a dénoncé la demande aux Marguilliers, qui exercent aussi entr'eux des prétentions respectives; les Juges, Avocats, Procureurs & Huissiers sont en guerre ouverte, & la plûpart de ces querelles dérivent des Charges, de l'Œuvre & Fabrique, du pain-béni, & des processions.

LE COMTE.

Oh! que les hommes sont sots & fous!...

ERASTE.

ERASTE.

Il faut entendre l'origine de ces débats, qui se perd dans la nuit des temps; puis les tons incroyables... Le Prévôt, pour avoir arrêté trois ou quatre bandits, s'imagine être le libérateur de tout le Royaume, & ne se compare pas moins qu'à Cicéron, qui garantit Rome des fureurs de Catilina. . . . Jusqu'au Commandant de la Maréchaussée, veut représenter comme un Maréchal de France.

LE COMTE.

Comme chacun cherche à boursouffler son existence!

SCÈNE II.

LE COMTE, CONSTANCE, ERASTE.

CONSTANCE, *volant dans les bras du Comte.*

O mon unique appui! il semble que je sorte du tombeau... Depuis huit années, je n'ai pas eu dans la vie un plus bel instant... Ah! mon oncle!

LE COMTE.

Ma nièce!

CONSTANCE.

Qu'il m'est doux de me sentir dans vos bras caressans!... Voici enfin un jour heureux!... Une partie de ma premiere jeunesse a coulé près de vous sans peines & sans chagrins... Depuis, tout a changé, & dans mon infortune, je n'ai jamais osé prononcer votre nom devant mon pere....

LE COMTE.

Quoi! tu n'as pu rien gagner sur son cœur... toi!...

CONSTANCE.

Hélas! je n'ai pas même le courage de tomber à ses genoux. C'est en vain que mes regards tremblans interrogent les siens, que je cherche à l'attendrir; il m'oppose toujours un front sévère; sa voix m'effraye, & je crois voir sa main toujours prête à me repousser... C'en est trop...

LE COMTE.

Le chef-d'œuvre de la raison, ma nièce, est de vivre avec ceux qui n'en ont point... Je viens pour terminer vos peines, s'il m'est possible.

ERASTE.

Vous connoissez mes sentimens, Monsieur: vous daignez les approuver, voilà mon bien, mon trésor, ma félicité; jamais rien ne m'a plus intéressé dans le monde, je ne crains plus que de n'être pas assez digne pour l'obtenir.

CONSTANCE, *à Eraste.*

Et moi, je n'ai jamais cru devoir vous dissimuler, Monsieur, que je suis sensible à cette tendresse, qui a tous les caracteres de l'estime & de l'honnêteté. Une ame qui s'annonce comme la vôtre, ne tarde point à faire partager ses sentimens : s'il m'est permis d'être à vous, ma main suivra le don de mon cœur ; mais vous connoissez les obstacles sans nombre...

ERASTE.

Je les surmonterai... Vous me dirigerez, & je ne ferai point de fausses démarches... Je n'osois d'abord vous avouer ce que je sentois, parce que j'aimois véritablement ; & qui aime véritablement, craint de déplaire... Aujourd'hui, j'oserai tout...

LE COMTE.

Espérons... mes amis ! espérons !

ERASTE.

Ma raison vous adore ; c'est vous dire que je n'aurai jamais d'autre femme que vous ; j'éprouve déjà la récompense de la vertu, dans le sentiment d'admiration que vous m'inspirez.

CONSTANCE.

J'aurai besoin de la plus grande fermeté ; mon pere, (que ne uis-je en douter !) mon pere veut me livrer au Marquis.

LE COMTE.

Il ne pouvoit manquer ce nouvel attentat ! Quoi ! il porteroit jusques-là l'indigne abus de son autorité ?...

ERASTE.

Si vous l'épousiez... vous ne me verriez plus ; je n'y pourrois survivre.

LE COMTE.

Je m'opposerai à sa tyrannie de tout mon pouvoir... Mais, prenons toujours les mesures les plus sages, & évitons l'éclat... Venez, mon cher Eraste, aussi-bien il ne tardera pas à rentrer; n'ayons pas l'air de nous être rencontrés, & d'avoir parlé ensemble.

SCÈNE III.

CONSTANCE, *seule.*

J'ACCOMPLIRAI mes devoirs; je le servirai comme la fille la plus tendre... Mais il ne dépend pas de moi de l'aimer... O mon Dieu! pardonnez; je suis une fille indigne, je n'aime point mon pere: faites que je l'aime. Hélas! il ne tiendroit qu'à lui, d'un mot il me rappelleroit; mais un mot tendre ou paternel n'est jamais sorti de sa bouche; il me foudroye d'un regard... Que de fois je suis venue pour parler à son cœur; mais mes larmes ont coulé en vain: il anéantissoit toutes mes résolutions! il ne veut que les sentimens d'une esclave. Que je serois heureuse, s'il pouvoit une fois me regarder comme sa fille!

SCÈNE IV.

LE BARON, LE MARQUIS, CONSTANCE.

LE BARON, *en entrant, à un Valet.*

ALLONS, prend mon fusil... ma foi, c'est bien tirer... Nous avons fait la plus belle chasse... Plus un chasseur est chargé, plus il revient leste & gaillard... Quarante-quatre pièces pour mon compte.

LE MARQUIS.

Et moi trente-deux....

LE BARON.

Sans ces coquins de Braconniers, j'aurois le gibier d'un Prince ... j'en coucherai en joue quelqu'un au premier jour... Dieu me damne.

LE MARQUIS.

Et moi je voudrois, pour ma part, en envoyer sept ou huit aux galeres.

LE BARON.

Tous ces paysans, qui sont oisifs après les corvées, devroient nous servir d'autant de gardes-de-chasse.

LE MARQUIS.

Sans doute... Ah! çà, c'est arrangé comme nous l'avons dit... Ma Terre!...

LE BARON.

Votre Terre ! bon!

LE MARQUIS.

Puis donation abſolue, entiere aux deſcendans... déshéritant tous collatéraux... Auſſi, j'attends que...

LE BARON, *à voix baſſe.*

Je vais lui annoncer ſon mariage.... (*à ſa fille, en s'aſſeyant*) Allons, je ſuis fatigué, qu'on me tire mes bottines. (*Conſtance tire les bottines de ſon pere*) Voilà ma premiere ſervante, & l'on veut que je m'en défaſſe; la prendra qui voudra, je n'ai rien à lui donner... Il y a des gens qui ſe mêlent des affaires de famille ſans qu'on les en prie. Le Maître abſolu commande, & tous les beaux projets s'en vont en fumée. Parce que ton oncle eſt arrivé, tu te crois forte avec lui: marche droit plus que jamais, je te le conſeille; tout ce qu'il me dira & rien, c'eſt la même choſe. (*Comme elle s'éloigne*) Viens ici... ne m'entends-tu pas?

LE MARQUIS, *à part.*

Il faut que j'intercede pour elle. (*haut*) Allons, papa, de la douceur pour cette aimable enfant. Vous ne voulez pas non plus en faire une Religieuſe... (*à part*) Quelle taille!

LE BARON.

Oh! parbleu, à la moindre déſobéiſſance... Être

pere, n'eſt autre choſe que de ſe donner des tourmens, pour obliger des ingrats; nos enfans ſont nos plus grands ennemis; & il faut encore avoir des bontés pour eux... Pourquoi diable s'aviſe-t-on d'être pere? Tu devrois me rendre grace de n'être pas ſous la grille, comme tant d'autres.

LE MARQUIS.

J'eſpere bien que Mademoiſelle n'aura point cette vocation... Oh! ce ſeroit bien dommage: tant de graces, de beautés!..

LE BARON.

Un mari ne doit être vu pour la premiere fois, par celle qu'il épouſe, qu'au moment où le pere, ſecondé d'un Prêtre, la conduit à l'autel pour la remettre entre les mains de l'homme qu'il a choiſi.

CONSTANCE, *à part.*

Je ſuis perdue!... voilà ce que je redoutois.

LE MARQUIS.

Oh! Mademoiſelle eſt trop bien née pour vous déſobéir... ce que vous ferez... Puis, c'eſt pour qu'elle ſoit heureuſe, parfaitement heureuſe:..

LE BARON.

Je ne reconnois pour mon enfant, que celle qui obéit promptement, & ſans le moindre murmure... Tu m'as entendu... réponds dignement aux ſoins que j'ai pris de ton éducation, & prends garde, ſur-tout, de te croire ſoutenue par l'arrivée de ton oncle.

CONSTANCE.

Vous ſavez, mon pere, que jamais ma timide voix n'a oſé contredire aucuns de vos ordres ; je me réjouis de ſon arrivée; mais je n'ai jamais reconnu d'autre autorité que la vôtre.

LE MARQUIS.

On ne ſauroit mieux répondre, cher papa; vous voyez qu'elle eſt très-diſpoſée à ne point avoir d'autre volonté que la vôtre. (*à part*) Je ne me ſens pas d'aiſe; les palpitations de ſon ſein...

LE BARON, *à ſa fille.*

Allons, levez les yeux ; regardez Monſieur le Marquis, regardez-le; vous m'entendez ?

CONSTANCE, *interdite.*

L'amour, mon pere, eſt néceſſaire en mariage autant que l'obéiſſance, dans l'état de fille...

LE BARON.

Mauvaiſe réponſe; l'amour eſt une paſſion, & une fille honnête ne doit point avoir de paſſion... L'amour viendra, il vient toujours...

LE MARQUIS.

Ne la grondez pas, cher papa; elle fera tout ce que vous ordonnerez ; il faut pardonner à la premiere ſurpriſe... la pudeur... Oh ! voilà le plus beau jour de ma vie, Mademoiſelle.

LE BARON, *d'un ton guoguenard.*

Ma fille, qu'un mari de ſoixante ans ne te faſſe

point peur ; il tire avec une adresse, & il chasse avec une ardeur...

LE MARQUIS.

Oui, Mademoiselle, j'en vaux bien un jeune... j'aspire à vous posséder dans ma Terre : on a bien raison de dire que les sentimens élevés n'appartiennent qu'à la Noblesse. Vous avez le cœur un peu haut ; c'est ce que j'aime. Insensiblement, les personnes qui doivent fondre dans un même lien le sang de leurs Maisons, ne peuvent s'éviter. Vous ne répondez pas... Ah ! j'adore jusqu'à votre silence : permettez que je l'interprete... Nous n'aurons plus que des conversations relatives... Je veux laisser à un autre moment... (*embrassant le Baron*) Adieu, cher Baron, adieu. (*à demi-voix*) La construction engageante de sa taille ! elle ne manquera pas d'être mere, & je crains bien que ce ne soit pour tous les ans.

SCENE V.

LE BARON, CONSTANCE.

LE BARON, *assis.*

TON oncle est venu fort à propos, & je m'en réjouis; il verra ce dont il me pressoit si fort par ses lettres... je ne me conduis pas par lui, au moins, mais par moi-même; qu'il ne s'imagine pas que vaincu par ses sollicitations, je t'accorde un mari... Il en seroit peut-être orgueilleux... J'ai mes raisons, & moi seul les sait... Allons, puisque tu es encore ici pour quelques jours, va veiller à tout.... tu regretteras la maison paternelle, mais je t'ai signifié mes ordres, & je ne veux d'autre réponse que l'obéissance... (*Constance salue & se retire*) Voilà comme on conduit les enfans; les consulter, c'est les inviter à la révolte...

SCENE VI.

LE BARON, UN FERMIER, *suivi de quelques autres.*

LE FERMIER.

MONSEIGNEUR, permettez que nous vous expliquions la vérité du fait; vérité plus claire que le jour qui nous luit...

LE BARON.

Ah ! ah ! on dit que tu fais le mutin ... je ne les aime pas ... je t'en préviens...

LE FERMIER.

Mais, Monseigneur, nous ne vous devons pas cette redevance ; permettez-nous de plaider notre bon droit en face de la Justice ... elle appartient à tout le monde, tant pauvre fût-il.

LE BARON.

Plaider, plaider, maraud ; tiens, (*prenant un bâton*) voilà le Juge du lieu ; c'est moi qui le fais prononcer (*prenant un autre bâton*) & voilà le juge d'appel...

LE FERMIER.

Mais vous, Monseigneur, qui traitez ainsi vos justiciables, vous plaidez, bien quand on vous attaque injustement, avec plus haut que vous ; les hommes ici-bas tour-à-tour sont grands & petits ; ainsi, ne pouvons-nous point plaider contre vous, avec votre permission ?

LE BARON.

Ne raisonne pas ... sais-tu quels sont mes Procureurs, mes Huissiers, mes Avocats : regarde ces fusils, ces sabres, ces pistolets, ces hallebardes ... je vous mettrai tous à la raison, drôles que vous êtes. Que quelqu'un remue. (*les Fermiers restent interdits*)

LE FERMIER, *aux siens.*

Ah ! mon Dieu, mon Dieu ! il est toujours le plus fort, & nous avons beau avoir raison, il nous assomme puis il nous ruine encore après; ainsi, nous avons toujours tort ... ah ! quelle malédiction dans un pays que cet homme-là, & la justice ne peut empêcher ses injustices ... qu'est-ce donc que la justice ?

SCÈNE VII.

LE BARON, LE BAILLI, SUITE DU BAILLI.

LE BARON.

MONSIEUR le Bailli, vous favorisez toujours les paysans, qui sont de malignes bêtes ... vous êtes très-négligent sur la perception des Droits Seigneuriaux...

LE BAILLI.

Monseigneur, le meilleur Juge ne sauroit prononcer au gré des deux parties.

LE BARON.

Laissez-les faire ... cette canaille insolente & rébelle finira par mettre le feu aux châteaux, & votre indulgence criminelle en sera cause... Sans ces coquins de Braconniers, on ne verroit que des nuées de perdrix, des troupeaux de lievres, & je les tuerois à coup de crosse, tout comme fait un Prince...

LE BAILLI, *à part.*

Il voudroit que son gibier fût gardé comme celui des Menus-Plaisirs du Roi. (*haut*) Je tâche d'être juste, Monseigneur; mais qui ne seroit que juste, seroit extrême & dur.

LE BARON.

Je prétends, Monsieur le Bailli, que tout roturier me salue le premier, lorsque je le rencontre; que l'on me rende les honneurs qui me sont dus, non que je me soucie au fond d'un coup de chapeau, mais pour ployer la roture à une subordination nécessaire.

LE BAILLI.

La civilité en ce cas, Monseigneur, obtient toujours beaucoup plus que la force ... personne ne vous refusera le salut quand vous le voudrez.

LE BARON.

Vous prenez habituellement la défense des roturiers, de tous ces manans... de tous ces vilains corvéables par nature. N'oubliez jamais que c'est moi qui vous ai donné le pouvoir de rendre la justice... gardez-vous d'en abuser... que l'or ne vous corrompe point.

LE BAILLI.

L'or, Monseigneur! & qui voulez-vous qui m'en donne?..

LE BARON.

Ne m'interrompez pas; songez que lorsque je vous parle, vous devez m'écouter dans un silence respectueux... Vous ignorez peut-être encore la distance qui nous sépare.

LE BAILLI.

Monseigneur!

LE BARON.

Savez-vous que je suis l'image du Roi, & que je le représente.

LE BAILLI.

Monſeigneur !

LE BARON.

N'avez-vous pas vu votre Paſteur m'offrir l'eau-bénite & l'encens ? ...

LE BAILLI.

Oui, Monſeigneur, tout l'univers l'a vu.

LE BARON.

Vous, donc, que j'ai élevé aux nobles fonctions de Bailli, rendez-vous digne de ma faveur ; allez, & donnez à tous mes vaſſaux l'exemple de la ſoumiſſion & du reſpect.

LE BAILLI, *s'inclinant profondément.*

Monſeigneur !

LE BARON.

Revenez ... vous avez fait ſans doute le procès à ce malheureux qui a tué mes lievres.

LE BAILLI.

J'ai fait ma charge ... on vous l'amene ... le voici ...

SCÈNE VIII.

LE BARON, LE BAILLI, UN PAYSAN *enchaîné avec des cordes, & gardé à vue. Plusieurs autres Paysans en foule.*

LE BARON, *toujours dans un fauteuil.*

QUE résulte-t-il de l'information & du procès ?.. Voyons...

LE BAILLI.

Il est convaincu en effet, d'avoir tué un lievre sur les Terres de Monseigneur, & ce, avec un bâton qu'il lui a lancé de loin avec une très-coupable adresse...

LE BARON.

Un... c'est comme mille...

LE BAILLI.

Pas tout-à-fait, Monseigneur ; le nombre rendroit le cas beaucoup plus grave... il vient vous supplier & vous demander sa grace.

LE BARON.

Te voilà donc, coquin ?.. Je te ferai pourir dans mes cachots.

LE BAILLI.

Pardonnez-lui, Monseigneur ; il a six enfans...

LE BARON.

Est-ce moi qui les ai faits, ces maudits enfans ?

LE BAILLI.

C'eſt pour eux, Monſeigneur, qu'il a mis le lievre au pot, dans une ſaiſon exceſſivement rigoureuſe.

LE BARON.

Quand ils ſeront grands, ils feront comme leur pere ; ils dévaſteront, ravageront, pilleront mes Terres.... un exemple ici, un exemple!..

LE PAYSAN, *avec fierté.*

Je ne doutons point de votre volonté à cet égard ... mais je ne voulons pas ici vous ſervir de ſpectacle plus long-temps ; je ne vous ſupplions pas pour avoir notre grace : non, faites-nous conduire où nous devons être ... nous ſerons mieux là que devant vous.

LE BARON.

Inſolent ! on te fera changer de ton... Voyez-donc ! c'eſt du lievre qu'il faut à la table de ces drôles-là.

LE PAYSAN.

Pardié, votre lievre, pour la cinquantième fois, peut-être avoit été friand de nos choux que nous avions plantés, ſarclés, arroſés ; nous avons été friands à notre tour de tâter de ſa peau.

LE BARON.

Impertinent ! ſais-tu que tu es devant ton Juge, Maître & Seigneur ?

LE PAYSAN.

Je le ſavons, je vous connoiſſons bien ; vous faites moins de cas d'un homme que d'un lievre ; il vaudroit mieux,

mieux, Dieu me pardonne, avoir tué l'un que l'autre; les ſuites en ſeroient ſouvent moins funeſtes...

LE BAILLI, *tout bas.*

Tais-toi... tu l'irrites...

LE PAYSAN.

Eh! que cela me fait-il à moi, dans l'excès de mon malheur, & quand je ſuis au déſeſpoir de ma vie?.. Loin de me repentir d'avoir tué un de ſes lievres rongeux, je nous conſolerions de la priſon, ſi je les avions tous détruits juſqu'au dernier.

LE BARON.

Oh, oh! patience; on te fera bientôt chanter autrement.

LE PAYSAN.

Je ſavons que dans tout votre canton, on préfere une perdrix à un payſan pauvre; on mange une perdrix, d'accord; mais les grands ne nous mangent-ils pas en détail, en vivant de nos travaux journaliers? & ne méritons-nous pas protection autant que les perdrix qu'on laiſſe du moins vivre abondamment juſqu'au temps qu'on les tue?

LE BARON.

C'eſt un raiſonneur, je crois... tu payeras cher...

LE PAYSAN.

Vous ferez de nous ce que vous voudrez... nous voilà préſentement en votre puiſſance, puiſque Dieu l'a voulu... Je n'y ſerons pas toujours... quand je ſerons libres... alors nous fuirons de vos terres & du Royaume, que vous ſeul nous aurez fait maudire...

LE BAILLI, *intercédant.*

Ah! Monſeigneur; n'écoutez pas ce qu'il dit dans ſon déſeſpoir.

LE BARON.

Qu'on emmene ce coquin-là; qu'on le charge de chaînes, & qu'on ne lui laiſſe que la reſpiration de libre.

LE BAILLI.

Monſeigneur, n'écoutez pas votre colere... il eſt dans le délire de la douleur...

LE BARON.

Qu'on le mene dans mes priſons... vous dis-je, au cachot, au cachot...

LE BAILLI.

De la clémence, Monſeigneur, de la clémence. Si ce n'eſt pour lui, pour ſa pauvre famille qui eſt ſans pain... une femme, ſix enfans abandonnés à la miſere la plus affreuſe, & qui n'ont que lui pour ſoutien... Demandez tous graces pour lui, mes enfans... mettez-vous à genoux... priez...

FOULE DE PAYSANS, *ſe mettant à genoux.*

Graces, graces, graces, Monſeigneur ... graces, il a ſix enfans... pardonnez-lui...

LE BARON *ſe levant, & courant à ſes armes.*

Une révolte en forme, une révolte!.. Holà, mes hallebardes! mes fuſils! (*il prend un fuſil*) Qu'on ferme les portes du château, qu'on leve les ponts-levis...

LE BAILLI, *à part.*

Il y a plus de cent ans que les chaînes rouillées en ſont rompues.

LE BARON.

Et vous, obéissez, Bailli, obéissez sur le champ, ou je vous fais faire votre procès, à vous-même..

LE BAILLI.

A moi, Monseigneur ! est-il défendu d'intercéder ?..

LE BARON.

Oui, je vous le défends... vous avez le caractere séditieux, porté à la rebellion. Allez, je n'écoute plus rien... pour la derniere fois, qu'on le mene au cachot .... pieds & poingts liés .... au cachot ; (*à un domestique*) & qu'on me serve, j'ai faim comme six loups.

SCÈNE IX.

LE BARON, *seul.*

QUE je regrette ces beaux temps où l'on attachoit un coquin de braconnier sur deux cerfs ou un sanglier pour l'abandonner ainsi au milieu des forêts... Je ne sais comment ces anciennes loix ne sont plus en vigueur ; tout va de mal en pis, les priviléges de la noblesse ne sont plus respectés. Tous ces vilains commencent à faire les propriétaires. Ah ! qu'est devenu le gouvernement féodal, le premier, le plus beau, le plus auguste des gouvernemens ?.. Ah ! ah ! voilà mon homme entiché de toutes ces idées dangereuses & nouvelles, qui renverseront l'État avec les loix de la chasse... Dieu me garde de disputer avec lui...

SCÈNE X.

LE BARON, LE COMTE.

LE COMTE.

MON frere...

LE BARON.

Eh bien, Monſieur?.. vous voulez donc abſolument me parler en particulier ... dépéchez ... j'ai hâte...

LE COMTE.

Je vous avouerai avec franchiſe, que je ne ſuis pas venu ici uniquement pour vous voir...

LE BARON.

Et pourquoi donc êtes-vous venu, s'il vous plaît?...

LE COMTE.

Je ſuis venu pour converſer avec vous ſur un chapitre qui intéreſſe notre famille ... je déſire que vous m'entendiez avec un peu de calme & de retenue...

LE BARON.

Je ſuis donc bien emporté, à votre avis, bien fougueux, bien déraiſonnable...

LE COMTE.

Je ne dis pas cela ... mais c'eſt que j'ai à vous repréſenter...

LE BARON.

Alte-là... je ſais tout ce que vous m'allez dire.

LE COMTE.

Comment ? & pourquoi donc me fermez-vous la bouche aussi promptement ?

LE BARON.

Pourquoi ? c'est que je vous ai deviné : je vous connois si bien !

LE COMTE.

Si vous m'avez deviné, je ne crains point de reproches... mais, vous ?

LE BARON.

Moi... n'alliez-vous pas me dire avec tous ces grands mots pris dans des livres, & que vous faites sonner emphatiquement : *la nature, la tendresse, les loix, la patrie, exigent & réclament l'établissement d'une créature qui se trouve dans l'âge où elle doit remplir la grande destination pour laquelle le ciel l'a mise sur la terre. C'est un dépôt qui vous est confié pour le rendre à la société. Vous ne pouvez, sans crime, retarder l'attente des loix, & peut-être le vœu secret de son cœur ; une postérité d'enfans enchaînés dans son chaste sein, & qui doivent hériter de ses vertus, crient & demandent à voir le jour. Un nom illustre menace de s'éteindre, de se perdre*... & tout cela pour me dire : *mariez votre fille*... eh bien, Monsieur, gardez votre sermon. Je vous en épargne les frais & le débit, je la marie ; elle est mariée... je vous l'annonce... vous voilà bien confus, bien fâché de n'avoir pas pu me faire un beau, long & inutile discours ; votre philosophie n'a plus lieu de pérorer ; elle est bien attristée de n'avoir pas à s'étendre, à discourir; car c'est un plaisir bien délectable pour elle, que de peser sur les prétendus torts d'autrui...

LE COMTE.

Vous me voyez plus charmé encore que surpris; mais ne prétendez pas décider à mon égard ce qui se passe dans le fond de mon ame. Il est vrai, j'allois parler pour ma nièce, & parler pour son établissement. Je suis enchanté d'elle, elle pense beaucoup, parle peu; instruite, elle craint de le paroître; son esprit est sans prétention, &ses graces sans apprêts... Puis-je vous demander celui que vous avez choisi? je crois pouvoir du moins entrer dans les arrangemens de famille, je ne suis pas étranger au point... à qui la donnez-vous?

LE BARON.

Vous ne doutez pas, je pense, que ce ne soit à un Gentilhomme.

LE COMTE.

Je n'ai jamais eu une idée contraire.

LE BARON.

C'est au Marquis que je la donne...

LE COMTE.

Au Marquis... il n'est pas jeune.

LE BARON.

Tant mieux ... les biens au dernier vivant ... ainsi, selon l'ordre de la nature ... vous concevez...

LE COMTE.

Comment penser à cet avenir?... il est d'ailleurs si incertain...

LE BARON.

Oh ! je ſais le mâter, l'avenir, moi... vous me permettrez de taire ce que je donne à ma fille... ce ſont lettres cloſes pour vous.

LE COMTE.

Je n'inſiſte pas.

LE BARON.

Quant aux avantages que le Marquis lui fait, donation entiere, abſolue de ſes biens.

LE COMTE.

Ses biens ne ſont pas conſidérables.

LE BARON.

D'accord ; mais il a ſoixante ans ſonnés... ſi ma fille venoit à mourir en couches, comme cela peut arriver au premier né, je ſerois, de droit, le tuteur de l'enfant, car il n'a point de frere, mon gendre futur, & ſi l'enfant lui-même venoit à décéder, j'hériterois... C'eſt ainſi que nos conditions ſont faites.

LE COMTE.

Vous hériteriez ?...

LE BARON.

Oui.

LE COMTE, *à part.*

Contraignons-nous.

LE BARON.

Ma fille m'a coûté à élever... je ne veux rien perdre ; j'ai con duit cela avec prudence, je crois...

qu'avez-vous à dire là-dessus, voyons? N'ai-je point agi en pere tendre, qui chérit sa fille, & qui prévoit tous les cas possibles... que m'auriez-vous proposé? je gage qu'il vous eût été impossible de m'indiquer quelque chose de mieux; car en me parlant du mariage de ma fille, vous aviez quelqu'un en vue: & qui? je suis curieux de le savoir...

LE COMTE.

C'étoit aussi un Gentilhomme.

LE BARON.

Vous m'insultez... le grand effort!

LE COMTE.

Il est beaucoup plus jeune.

LE BARON.

Plus jeune, je vous remercie; c'est-à-dire, que vous vouliez que mon gendre m'enterrât; & moi, j'ai une ambition absolument opposée, je vous en avertis... avoit-il de grands biens?

LE COMTE.

Aussi considérables, pour le moins, que ceux du Marquis.

LE BARON.

N'achevez pas... je vois à présent qui c'est... j'ai fait la sourde oreille... j'ai l'œil bon; ma fille aura pris peut-être du goût pour lui, tant pis pour elle; il n'a point su me prendre comme il faut ... pour couper court, votre Gentilhomme, c'est Eraste.

LE COMTE.

C'eſt un digne homme, qui a ſervi avec honneur...

LE BARON.

Voilà bien de quoi il s'agit. Il ſera ſa derniere viſite aujourd'hui, je vous le dis; je ſuis fâché que vous ayez fait trente lieues pour le voir congédier. Votre protection ne lui aura pas été fort utile; mais, que ne s'adreſſoit-il à moi de préférence? que ne parloit-il comme il devoit parler, comme j'aime que l'on parle?.. Ce grand lecteur a mal lu dans ſes livres... Je crois, Monſieur, que vous n'élevez aucune difficulté.

LE COMTE.

Je ne vous le propoſe plus. Tout eſt dit...

LE BARON.

Au reſte, nous pourrions paſſer par-deſſus les obſtacles que vous feriez naître, car les réſiſtances m'enflamment ... je vous prie du repas de noces, & ſur-tout de ne pas vous mêler d'autre choſe... Votre ſerviteur...

SCÈNE XI.

LE COMTE, *seul.*

JE demeure confondu... que vont-ils devenir? avec quelle joie perfide il a abusé de l'avantage qu'il avoit sur moi!.. je me suis tû; j'aurois été trop loin; je vois nos amans livrés au désespoir. Ma nièce recevra le coup de la mort: & je serois venu ici pour être le témoin de leur désastre... quel parti prendre?.. Oh! si je le connois bien! il me vient une idée qui changera ses propres résolutions...

Fin du second Acte.

ACTE III.

SCÈNE PREMIÈRE.

ERASTE, CONSTANCE.

CONSTANCE.

RASSUREZ-VOUS ; non, je n'obéirai point ; vous pouvez compter ſur ma fidélité... elle eſt à toute épreuve.

ERASTE, *lui baiſant la main.*

Ah !

CONSTANCE.

Voici l'inſtant du courage, j'en aurai...

ERASTE.

Nous n'en ſerons pas moins infortunés.

CONSTANCE.

Il eſt vrai ; mais j'aurai la ſatisfaction d'élever mon ame à une certaine hauteur, & de vous prouver toute mon eſtime.

ERASTE.

Ce que je craignois le plus m'eſt arrivé, & vous n'écoutiez pas mes alarmes...

CONSTANCE.

Je vous cachois les miennes; je devinois que mon pere me frapperoit de ce dernier coup; j'ai apprêté mon ame pour ce moment; j'ai paru calme, inſenſible... il le falloit d'abord; mais...

ERASTE.

Je crains que ſa bruſque autorité...

CONSTANCE.

Ne craignez rien; ce cœur eſt auſſi haut, auſſi fier, auſſi décidé, que ſon caractere eſt violent; ce cœur ne déploiera qu'une fois ſa force, vous dis-je; mais rien ne pourra le ſurmonter.

ERASTE.

S'il vous défend de nous revoir?..

CONSTANCE.

Ah! je frémis...

ERASTE.

Et vous obéiriez?

CONSTANCE.

Je réſiſterai jusqu'à la derniere extrémité, ſoyez-en ſûr; mais j'ai plus d'un devoir à remplir... vous le ſentez vous-même. Laiſſez-moi, & ne m'en demandez pas davantage.

ERASTE.

La conformité de nos caracteres, de nos goûts,

de nos principes, tout sembloit nous destiner l'un à l'autre... Par quelle fatalité cruelle!...

CONSTANCE.

Je me sens une volonté qui m'annonce la victoire: faisons tête ensemble à l'orage, & attendons tout de l'Amour; rien ne peut me forcer à donner ma main à l'homme que je hais.

ERASTE.

Sans doute, & ce n'est pas cela que je crains; mais séparés l'un de l'autre!... l'idée seule me désespere.

CONSTANCE.

Nos cœurs en seront-ils moins unis, & cette union n'est-elle pas le charme de l'amour & de la vie?

ERASTE.

Ah! c'est le seul lien qui m'y attache.

CONSTANCE.

Allez, l'Amour jouit encore de ses peines & de ses sacrifices...

ERASTE, *lui baisant la main.*

Cet instant me fait sentir ce que je n'ai pas encore éprouvé; c'est une joie douce, vive & pure au milieu de l'infortune... Je souffrirai avec une sorte d'allégresse, lorsqu'il faudra souffrir pour vous.

SCÈNE II.

ERASTE, CONSTANCE, LE COMTE.

LE COMTE, *les prenant entre ses bras.*

Mes amis!...

CONSTANCE.

Ah! mon oncle... ce n'est pas toujours la vertu qui triomphe.

LE COMTE.

Je ne renonce pas à l'espoir le plus cher: je crois avoir imaginé le moyen de vous unir.

ERASTE.

Nous unir!.. & n'avez-vous pas entendu l'arrêt fatal?

LE COMTE.

Oui : mais en même temps j'ai pénétré le secret de son ame, ce qu'elle cache, ce qu'elle veut: vainement nous demanderions aux Tribunaux un secours qu'ils nous refuseroient; les loix sont trop incertaines, & d'ailleurs, elles n'ont pas suffisamment prévu, ou n'ont pas supposé d'une maniere assez positive, que de mauvais peres captiveroient leurs filles dans un éternel esclavage, & se préféreroient constamment à elles!.. Savez-vous ce que veut votre pere? Vous êtes loin de le deviner; au lieu de donner de l'argent, il prétend en recevoir.

ERASTE.

Quoi! seroit-il possible?

LE COMTE.

Il veut être doté en place de sa fille...

ERASTE.

Le doter! ah! volontiers, & de tout ce que j'ai...

LE COMTE.

Arrêtez; mes droits sont avant les vôtres, n'en soyez point jaloux, mon cher Eraste; je dois sortir de ce monde avant vous, & vous aurez plus de temps que moi pour la rendre heureuse. Tout homme qui embrasse l'avenir, & qui ne repose pas dans un vil égoïsme, doit expliquer ses volontés particulieres dans un testament: c'est un acte de bienfaisance; c'est le dernier qui nous soit permis; c'est le plus sérieux de tous; je n'ai jamais eu d'autre idée que la félicité de ma chere nièce; & pourquoi ne commencerois-je pas aujourd'hui son bonheur, & de monvivant?.. il m'en sera plus doux, puisque j'en jouirai.

CONSTANCE.

Je chéris votre générosité; mais souffrez que j'y mette des bornes.

LE COMTE, *avec le cri de l'ame.*

Eh! tu en mettrois donc à ta tendresse, à la reconnoissance?... (*Présentant un porte-feuille à Eraste*)

Prenez, Monsieur; voilà cent-soixante-mille livres dans ce porte-feuille, allez lui offrir ces papiers.

ERASTE.

Moi, j'irois...

LE COMTE.

Je l'exige; voilà mon héritiere. Tout ce que j'ai amassé fut pour elle... vous m'offenseriez si... Allez, demandez sa main; je vous proteste que vous ne l'obtiendrez qu'à ce prix.

ERASTE.

Moi, marchander?

LE COMTE.

La honte est pour lui, & non pour vous; il ne rougira point. Ce qui me fâche, c'est qu'il en fera un mauvais usage, que cet argent sera bientôt dissipé, & qu'il devoit servir à un meilleur emploi; mais il s'agit, avant tout, de votre bonheur: un instant perdu ne se retrouve pas... Quand il m'a parlé du Marquis, j'étois prêt à me mettre en colere; mais il faut éviter soigneusement son accès; car alors, non-seulement on ne fait plus ce qu'on doit faire, mais on ne dit pas encore ce qu'on voudroit dire. Vous ne repousserez point mes bienfaits, je vous regarde comme mes enfans... Vous refuseriez-vous à ce nom qu'il m'est si doux de prononcer?

CONSTANCE.

Vous êtes mon véritable pere...

ERASTE.

ERASTE.

Ah! le fils le plus tendre & le plus respectueux... mais je n'oserai jamais...

LE COMTE.

Osez: dès que ces papiers auront frappé sa vue, elle est à vous... (*en souriant*) Vous lui offririez la robe, la montre & la corbeille, qu'il prendroit le tout, je vous en réponds. Venez, ma nièce...

SCÈNE III.

ERASTE, *seul.*

VOILA qui est bien singulier: vendre sa fille à l'ombre du sacrement... A quel excès se porte l'avarice! Je suis forcé de négocier... mais les circonstances me maîtrisent; il faut acheter cette précieuse conquête, & que mon sort enfin se décide. Mais voici le Marquis: l'indignation me saisit: lui! oser... Disputons du moins à ce rival, l'objet qu'il prétend m'enlever.

SCÈNE IV.

ERASTE, LE MARQUIS.

ERASTE.

MONSIEUR le Marquis, un mot, s'il vous plaît.

LE MARQUIS, *intimidé.*

Un mot, Monſieur, à moi ?

ERASTE.

Oui, à vous : il eſt eſſentiel que nous ſoyons ſeuls.

LE MARQUIS.

Et pourquoi donc, Monſieur, ſeuls ?

ERASTE.

Seroit-il vrai, Monſieur, que vous m'euſſiez fait l'injure de demander Mademoiſelle de Tempeſac en mariage, au moment même où vous ſaviez que je la recherchois ?

LE MARQUIS.

Qu'eſt-ce à dire, Monſieur ?

ERASTE.

Si vous voulez l'obtenir, vous n'ignorez pas ce qu'en pareil cas exige l'honneur, puiſque je vous la diſpute.

LE MARQUIS.

Vous me la disputez : je l'ignorois, Monsieur ; permettez-moi de vous le dire, on vous a mal rendu la chose... Il faut s'expliquer ; la promptitude gâte tout...

ERASTE.

Et voilà pourquoi je m'adresse à vous pour savoir...

LE MARQUIS.

Il faut s'expliquer... Tout ce que je puis vous dire, Monsieur, c'est que je respecte infiniment Mademoiselle, & la respecterai toute ma vie.

ERASTE.

Vous le devez à tous égards... mais, parlez plus clairement ; vous en êtes amoureux ?

LE MARQUIS.

Je n'ai point dit cela, Monsieur, je n'ai point dit cela.

ERASTE.

Comment ? n'avez-vous pas cherché à l'épouser ? Je vous prie de vous expliquer là-dessus, & sans détour.

LE MARQUIS.

C'est son pere, Monsieur, qui m'a proposé ce mariage ; en vérité, qui me l'a proposé, je vous le certifie.

ERASTE.

Monsieur le Baron de Tempesac ? Cela n'est pas vraisemblable, vous l'avouerez...

LE MARQUIS.

Je vous jure que c'eſt ainſi... Je lui ai bien dit quelques mots qui tendoient à une alliance; mais il n'y a rien de conclu, rien de poſitif, ſur-tout rien de fait... Le contrat eſt encore en blanc... (*à part*) Cela deviendroit ſérieux... Point d'affaires de cette nature.

ERASTE.

Je ſuis diſpoſé, Monſieur, pour peu que mes démarches vous offenſent, à vous en faire raiſon...

LE MARQUIS.

Point, point; nous ſommes tous deux libres... Je ſerois au déſeſpoir que nous nous fuſſions manqué l'un à l'autre. (*à part*) Allons retirer notre parole...

ERASTE.

Si toutefois vous croyez avoir des droits, & que vous vouluſſiez les faire valoir... je vous donnerai ſatisfaction pleine & entiere.

LE MARQUIS.

Je n'en vois pas la néceſſité, Monſieur, je n'en vois point la néceſſité... (*Il ſort précipitamment.*)

SCÈNE V.

ERASTE, *seul.*

VOILA de ces rodomonts qui battent les paysans, font trembler de petits Commis, & ne parlent à tout propos, que de coups d'épée... Le voici : affectons de la tranquillité ; mais mon cœur n'a jamais été dans une agitation plus cruelle.

SCÈNE VI.

LE BARON, ERASTE.

LE BARON, *dans le fond du Théâtre.*

LA démarche du Marquis est bien étonnante... Me rendre ma parole aussi précipitamment, dégager la sienne.... Tâtons un peu ce Gentilhomme-ci. (*haut*) Eh bien, Eraste, vous me paroissez inquiet, rêveur, toujours dans les réflexions. Vous avez l'air un peu fâché ; m'en voulez-vous ?

ERASTE.

Moi ? non.

LE BARON.

Qu'avez-vous donc ?

ERASTE.

Je vous avoue que je fais ſouvent des réflexions, comme vous dites, & j'en ai faites ſur un ſujet... Or, tout en le creuſant, je ne ſaurois me défendre d'un peu d'humeur.

LE BARON.

De l'humeur! qui n'en a pas?

ERASTE.

On m'accuſe de ſingularité.... En effet, je ne vois pas comme les autres hommes; mais j'ai des raiſons déterminantes.... Il y a tant de ſujets dans la ſociété, ſur leſquels on peut méditer utilement, profondément. Je ſongeois, par exemple, à l'éducation que vous avez donnée à Mademoiſelle votre fille; elle eſt très-bien élevée; la Nature, prodigue de ſes dons, a fait beaucoup pour elle; mais enfin, elle n'a pas tout fait: cette éducation doit vous avoir coûté; & une fille, enſuite, ne rend jamais à une maiſon les ſervices que lui apporte un garçon.

LE BARON.

Nos filles nous commandent la vigilance la plus exceſſive, nous apportent mille embarras, nous donnent un gendre tyrannique, & voilà tout.

ERASTE.

N'eſt-il pas ridicule, extravagant, qu'un pere livre ce qu'il a de plus cher au monde, ſa fille quelquefois, ſa fille unique, & qu'il ſe dépouille le même jour de la majeure partie de ſon bien? c'eſt un bien fol uſage.

LE BARON.

De-là naît la ruine des familles; ce premier dommage est irréparable.

ERASTE.

Le Législateur, sur cet article, n'a pas eu une once de sens commun... Si j'étois pere, moi, je ne pourrois jamais chérir un gendre qui m'auroit volé ma fille, & non content de cela, qui m'auroit pris une dot encore... Une dot! demander une dot avec la fraîcheur, les graces, la jeunesse, la beauté, les vertus, les talens! ah! quelle cupidité vile & honteuse! comme cela profane les transports sacrés du chaste & tendre amour. Cette passion ne devroit-elle pas être pure, désintéressée? & ne seroit-ce pas-là le moment, au lieu de recevoir bassement des sacs grossiers, de faire les plus nobles, les plus héroïques sacrifices? celui de la vie même devroit-il être compté pour quelque chose?

LE BARON.

Oh! donner sa vie, cela est trop fort... n'exagérons point... mais, je ne puis m'empêcher d'admirer, dans tout ce que vous me dites, l'élévation prodigieuse de votre jugement...

ERASTE.

S'il faut parler vrai, c'est qu'il me paroît de la derniere brutalité dans nos mœurs, de faire entrer dans sa couche fortunée une fille jeune, fraîche, charmante, adorable, & d'emporter le soir même, presque toute la fortune du malheureux pere, fertune qu'il a amassée dans la prudence & la sage économie d'une vie entiere.... Que de réflexions tristes ce pere désolé ne doit-il pas faire en se retirant le soir, en appercevant autour de lui cette solitude, ce vuide immense!.. il a payé la félicité de son gendre; mais lui, qui lui paiera ses larmes solitaires & muettes?

LE BARON.

Mais, vous me ravissez de plus en plus... Si c'est-là ce qu'on appelle de la philosophie, elle a du bon, en vérité... Votre observation n'est que trop vraie, mon ami.

ERASTE.

Mais, ne pourroit-on pas abolir cet usage insensé? & un homme de bon sens perdroit-il entierement sa peine à vouloir instruire les hommes là-dessus?

LE BARON.

Je pense tout-à-fait comme vous; mais vous êtes le seul que j'aye entendu parler aussi raisonnablement sur cet article.

ERASTE.

On m'appelle bizarre, cependant...

LE BARON.

Oh! vous ne l'êtes point, vous ne l'êtes point, je le certifierai à qui voudra l'entendre.

ERASTE.

N'est-il pas permis de penser différemment de ces hommes personnels?... Oh! qu'il me fâche de n'être point venu dans un siecle où ces idées saines seroient adoptées! Que j'aurois eu de joie à prouver ma reconnoissance au pere qui m'auroit bien voulu céder sa fille! je me serois regardé comme son débiteur... Ah! siecle barbare que le nôtre!.. pourquoi suis-je né au milieu de tes idées fausses & malheureuses?

LE BARON.

Je veux absolument étudier votre philosophie; je commence à prendre beaucoup de goût pour elle... mais beaucoup.

ERASTE.

Ces réflexions-là ne frappent point le gros des hommes: moi, je suis consterné de l'insensibilité, de l'ingratitude & de l'ignorance du vulgaire à cet égard: par exemple, vous avez élevé votre fille; il vous en a coûté, comme je disois, pour son éducation...

LE BARON.

Oh! beaucoup; les dépenses sont infinies.

ERASTE.

Les talens agréables qu'elle possede, qui en profitera? qui en jouira, si ce n'est son époux?

LE BARON.

Il est vrai, lui seul.

ERASTE.

Ces dépenses que vous avez faites ne sont-elles pas des avances considérables?

LE BARON.

Certainement.

ERASTE.

En veillant par vous-même à ſon éducation, vous avez dédaigné la Cour & ſes faveurs ; les penſions, conſéquemment, ne ſont pas venues vous chercher.

LE BARON.

Des gens de rien les ont obtenues à Verſailles par mille baſſeſſes, en ſe mettant en relation avec les Valets, dont ce pays abonde.

ERASTE.

Il eſt très-juſte que celui qui vous demandera votre fille vous en dédommage... Tenez, je ne ſais pas trop quels ſont les uſages : mais j'ai une propoſition à vous faire.

LE BARON.

Laquelle ?

ERASTE.

Je ſonge que je ſuis garçon, que j'ai bientôt trente-cinq ans, qu'il me faudroit une compagne douce, agréable ; je veux abſolument me marier.

LE BARON.

Vous marier, tout de bon ?

ERASTE.

Tout de bon : en vous offrant, pour poſſéder votre fille, un foible dédommagement ; cent-ſoixante mille francs pour payer, non ſa perſonne, mais ſes talens acquis ; je ne me croirai pas encore quitte envers vous.

LE BARON.

Vous me demandez ma fille? (*à part*) Il parle sérieusement.

ERASTE.

Et je dirai, sur le contrat, les avoir reçus en bons effets. N'allez pas vous choquer, de grace... pardonnez à ma philosophie, à mon horreur pour les préjugés régnans; est-ce un crime, après tout, que de se placer au-dessus d'eux? j'obéis à mes principes. (*Lui donnant le porte-feuille*) Tenez, cher beau-pere, prenez, serrez tout ceci; parbleu, vous en acheterez une Terre; cela nous reviendra toujours; c'est de l'argent que je place sur vous à gros intérêts, & que vous ferez valoir; dans cinquante ans d'ici, nos petits-enfans trouveront tout cela agrandi, amélioré...

LE BARON, *prenant le porte-feuille.*

Vous avez une prévoyance admirable, un esprit droit, un savoir juste; vos vues économiques sont si étendues... Oui, je ferai valoir cela.

ERASTE.

J'ai un peu de justesse dans l'esprit: voilà tout... Ah! çà, vous m'accordez votre fille, foi de Gentilhomme?

LE BARON.

Oui, foi de Gentilhomme... je vous la donne...

ERASTE.

Me voilà donc marié... votre parole vaut tous les contrats du monde: je suis bien aise d'être marié...

c'eſt un tout nouveau genre de vie, qui a ſes agrémens... Laiſſez-moi rêver à quelques diſpoſitions.

LE BARON.

Je vous laiſſe.

ERASTE.

Du ſecret, ſur nos petits arrangemens...

SCÈNE VII.

ERASTE, *ſeul.*

JE ne reviens point de mon heureuſe ſurpriſe; en vérité, ſon beau-frere le connoiſſoit bien, & il ne s'eſt pas trompé : il a vu ce que je n'aurois jamais imaginé; je n'ai eu garde de lui montrer de la paſſion pour ſa fille, & c'eſt cet effort qui m'a le plus coûté....

SCÈNE VIII.

ERASTE, CONSTANCE.

ERASTE, *rapidement.*

TOUT va bien ; le projet a réussi ; il a accepté. (*Constance baisse la tête*) Je ne me sens pas de joie ; attendez ici qu'il vous parle... J'ose enfin me dire que vous serez à moi. Oh ! comme mon cœur bat à cette seule pensée ! Adieu ; je cours de ce pas avertir & rendre grace à l'auteur de notre félicité.

SCÈNE IX.

CONSTANCE, *seule.*

IL a accepté ! il me faudra donc rougir pour lui dans tous les instans de ma vie ; il va dissiper cet argent précieux... Mais, dans cette situation extrême, me seroit-il défendu d'user d'un stratagême qui nous en restitueroit une partie ? La ruse est souvent l'unique ressource qui nous reste contre la main avide qui nous dépouille.... Prenons-le par ses propres idées... je sais le langage que je dois lui tenir.... Dieu !.. à quoi suis-je réduite ?

SCÈNE X.

LE BARON, CONSTANCE.

LE BARON.

L'OBÉISSANCE que tu me dois, c'eſt à moi de l'exercer comme il me plaît, & autant de fois qu'il me plaît, & dans tous les ſens qu'il me plaît.

CONSTANCE.

Mon pere....

LE BARON.

J'ai vu tantôt ta ſoumiſſion ; je te donnois au Marquis, tu l'acceptois de ma main...

CONSTANCE.

J'obéiſſois.

LE BARON.

Je veux te donner un autre époux.

CONSTANCE.

Un autre, mon pere !

LE BARON.

J'ai changé d'avis : le Marquis s'eſt aviſé de réfléchir ſur ſon âge ; il prétend qu'à ſoixante ans, il ne peut ſe marier ſans ſe donner un ridicule ; il balance, il héſite.... Tant mieux, tu ne ſeras point à lui.... tu ſeras à Eraſte....

CONSTANCE.

Erafte !

LE BARON.

Mon nouveau choix, je crois, fera plus de ton goût; & indépendamment de mon autorité, tu dois te rendre à la fupériorité de mes lumieres.

CONSTANCE.

Mon pere, mon devoir fut de vous obéir toujours; je prenois le Marquis de votre main : vous m'offrez aujourd'hui Erafte ; fon âge eft plus fait, j'en conviens, pour accomplir mon bonheur ; mais, oferai-je vous le dire ? il s'agit de l'alliance de nos deux familles ; ne trouvez pas mauvais que je faffe quelque mention de l'ancienneté de la nôtre. Le Marquis pouvoit raifonnablement afpirer à ma main...

LE BARON.

Erafte eft Gentilhomme....

CONSTANCE.

Gentilhomme foit : mais qu'eft-ce que fa généalogie, en comparaifon de la nôtre ? Permettez que j'aye une attention fcrupuleufe à ne pas ternir l'éclat de notre ancienne & illuftre Maifon : permettez à ma prévoyance de choifir tous les moyens de conferver la pureté originelle de notre fang, ainfi que le foin de diriger fa defcendance auffi méthodiquement qu'il eft poffible... La nobleffe n'eft pas une chimere.

LE BARON.

Sans doute ; mais Erafte eft noble.

CONSTANCE.

Faut-il que je le dise ? Il lui manque deux quartiers pour entrer dans notre Maison.

LE BARON.

Deux quartiers !

CONSTANCE.

Oui : & il y a cent-cinquante ans que l'article ne précédoit pas encore son nom.

LE BARON.

C'est peut-être un oubli de généalogiste.

CONSTANCE.

Non, l'article est essentiel ; personne plus que moi n'honore les vertus, l'esprit, les qualités personnelles : mais le premier trésor à mes yeux, c'est la noblesse.

LE BARON.

D'accord, mais tu fais injure à Eraste.

CONSTANCE.

Je ne prétends pas qu'il soit de ces roturiers du déluge ; mais il ne remonte pas plus haut que quinze cent.

LE BARON.

C'est suffisant ; à la rigueur, bien des gens seroient embarrassés à faire cette preuve.

CONSTANCE.

Suffisant ! pour notre Maison ! suffisant, mon pere ! suffisant ! votre amitié pour lui vous égare ; observez donc qu'il ne se trouve dans notre arbre chronologique & généalogique pas la moindre lacune en ligne masculine : ascendans, descendans, directs, collaté-

raux,

raux, tout eſt en ordre; c'eſt pour moi une vraie volupté de ſuivre de l'œil la franchiſe de la ſouche, la continuité, la pureté des rameaux depuis la premiere Croiſade, juſqu'à l'expédition de Naples, ſous Charles VIII.

LE BARON.

Je reconnois mon ſang dans l'occupation de ſes nobles loiſirs.

CONSTANCE.

Vous avez tardé à faire imprimer votre arbre... j'en aurai donc la gloire; l'étude du blazon a fait mes plus cheres délices ... je releverai, chemin faiſant, les énormes fautes de l'Encyclopédie. Ignorans rédacteurs de la partie héraldique, croiriez-vous qu'ils y confondent toutes les notions de *l'émanche*; les barbares! ils en méconnoiſſent entierement la nature, la ſignification, & le nom même...

LE BARON.

Cette Encyclopédie eſt une œuvre roturiere; il n'eſt pas étonnant...

CONSTANCE.

L'émanche, cette piece honorable ſe place diverſement; en *faſce*, à *dextre* ou *ſéneſtre*, en *pal*, en *bande*, en *barre*, en *chef*, en *pointe:* comme il y a auſſi *la manche mal taillée*, il y a auſſi *l'émanche mal déployée.*

LE BARON.

Tu m'enchantes!..

CONSTANCE.

Le champ *émanché* differe du champ qui porte une

émanche ; comme le *fascé*, de la fasce ou des fasces ; le *pallé*, du pal ou des pals ; *le bandé*, de la bande ou des bandes ; *le barré*, de la barre ou des barres ; *le cotice*, des cotices ; *le burellé*, des burelles ; *le fuscellé*, le *chevronné*, *le losangé*, des fusees, chevrons & losanges.

LE BARON.

Tu me ravis !..

CONSTANCE.

Et le sable, qui est une troisième fourrure du blazon, a donné lieu à d'étranges méprises ; on dit *de sables* à l'émanche d'argent de cinq pieces en pointes de l'écu, & non *emmanché en pointe* ; le mot *emmanché*, toujours employé dans le Dictionnaire Encyclopédique, me met dans une colere... ce mot ne peut convenir qu'aux outils qui ont un manche.

LE BARON.

Cela saute aux yeux.

CONSTANCE.

On lit encore *gueule* au singulier, au lieu du plurier ; quelle ineptie ! tous ces éditeurs de Dictionnaires confondent les termes. Les maîtres en blazon eux-mêmes ont enseigné contradictoirement l'erreur ; ils assimilent les partitions du champ aux pieces de *l'émanche*, dont ils font un total indifféremment pair ou impair ; ce qui est une faute vraiment impardonnable.

LE BARON.

Je voudrois que tous les nobles de la province t'entendissent !

CONSTANCE.

La ſcience du blazon mérite une attention plus exacte, plus ſévere... qu'on n'en parle plus, ou qu'on en parle juſte.

LE BARON.

Tu as raiſon... mais, crois-moi, ne refuſe point Eraſte... je t'apprends qu'il pourſuit un guidon, & qu'il l'obtiendra.

CONSTANCE.

Un guidon! à prix d'argent, ſans doute... il a beſoin en effet, de ſervir la Cour; ſon nom n'eſt point le vôtre.

LE BARON.

Mais quand l'inégalité n'eſt pas choquante, & que ce n'eſt pas une nobleſſe de cloche, le Public ne ſe formaliſe point; & comme il eſt juge du point d'honneur...

CONSTANCE.

Le Public! ah! mon pere! le Public! il ſe montre trop indulgent, de-là la dégradation viſible dans les anciennes familles; je céderois volontiers à la voix du Public, qui a ſes raiſons pour n'aimer point la rigueur; mais je crois voir mes aïeux animer tout-à-coup ces antiques & vénérables portraits, me lancer des regards de ſurpriſe & d'indignation, & me reprocher au nom de ma poſtérité, d'avoir interrompu ce majeſtueux arbre généalogique... & que diroient mes petits-fils, quand après avoir comparé nos deux races, ils auroient vu leur mere...

LE BARON.

Mais le ſang ſera confondu ; la protection dont jouit Eraſte l'aura élevé à des places éminentes...

CONSTANCE.

Des places ! des places ! qu'eſt-ce que des places ? & nos titres ?.. Le temps envieux les a preſque effacés ; mais ces parchemins vénérables ne nous en diſent pas moins que nous avons eu un Geoffroy pour aïeul.... Un Geoffroy permettroit-il à ſa fille ?...

LE BARON.

Jaloux de tout concilier, j'imagine un moyen, ma fille ... il eſt des noms vacans & abſolument décédés, qui ont une grande ſimilitude avec des noms célebres, avec des noms tels que les nôtres... Il aura une nobleſſe greffée, il pourra s'enter ſur une nobleſſe ancienne. (*à demi-voix*) Un généalogiſte lui fera une race qui ſe fondra dans la tienne. (*à part*) Diable ! il faudroit rendre le porte-feuille...

CONSTANCE.

Et quand j'y conſentirois, tout cela, avec le guidon, ne s'obtient pas ſans argent ... toujours ce vil argent : ce mot me révolte... Non, non, la pauvreté noble, l'indigence, & des aïeux illuſtres...

LE BARON, *à part.*

Elle y tient, je ne puis pas trop la combattre ; donnons moitié, car il faudroit reſtituer le tout. (*haut*) Écoute, ma fille, j'admire l'élévation de tes ſentimens ; mais comme il eſt temps que notre maiſon paroiſſe avec quelque éclat, je te donnerai pour dot quatre-vingt mille francs comptant, qui ſerviront à ton époux pour acheter ſon guidon, & des titres plus clairs que le jour ; cela ne diminuera en rien la pureté originelle de ton ſang...

CONSTANCE.

Mais, mon pere... Songez...

LE BARON.

Les apparences ſeront ſauvées, il n'en faut pas davantage ; & puis, quel mal cela fait-il à tous ces morts qui ne ſont plus ? Il paſſera pour deſcendre du Geoffroy de notre famille ; perſonne n'ira le lui dire : ſi cela ne te ſatisfait pas aſſez, il n'y a qu'à mettre dans le contrat, que tes enfans porteront conſtamment tes armes & armoiries...

CONSTANCE.

J'allois inſiſter ſur cet article...

LE BARON.

Tu penſes bien que je repréſente auſſi pour mes aïeux : & quand je ſuis content, tu dois l'être.

CONSTANCE.

Allons, j'immole donc deux quartiers pour un guidon. Fermez les yeux, ô mes illuſtres ancêtres ! & pardonnez : le cœur le plus jaloux des droits de ſa maiſon, de l'éclat de ſon ſang, cede ſouvent malgré lui au ſort, & à l'aſcendant de ce ſiècle malheureux.

LE BARON, *avec exclamation.*

Ainſi j'ai fait en épouſant ta mere !...

SCÈNE XI & *derniere.*

LE BARON, CONSTANCE, ERASTE, LE COMTE.

LE COMTE, *dans le fond du Théâtre, à Eraste.*

VOYONS l'iſſue...

ERASTE, *bas.*

J'ai ſa parole...

LE BARON, *d'un air triomphant.*

Approchez, mon beau-frere ; vous m'avez toujours mal connu, vous m'avez peint comme un homme difficile à vivre : je le ſuis, parce que je me connois en mérite & en vertu. Voici, Monſieur, un bon gentilhomme qui m'a demandé ma fille, & me l'a demandée noblement ; enfin, d'une maniere qui m'a plu ; c'eſt à lui que je la donne ; j'y ajoute ce qu'il ne m'a point demandé, quatre-vingt mille francs comptant, parce que je ſais qu'il pourſuit un Guidon...

ERASTE, *à part.*

Je ne conçois pas...

LE COMTE, *à part.*

Dans quelle ſurpriſe me jette...

CONSTANCE, *à voix baſſe.*

Paix ! j'ai ſu par un heureux ſtratagême rattraper cette ſomme ; c'eſt toujours la moitié de ſouſtrait...

LE BARON.

Vous avez toujours cru, mon beau-frere, que je tenois à l'argent; je suis bien aise de vous en désabuser en présence de Monsieur...

LE COMTE, *à part.*

Oh! ceci est impayable.

LE BARON.

Aprenez à me connoître; vous voyez ce que je fais; suis-je un bon pere?

LE COMTE.

J'admire en effet...

LE BARON.

Je n'ai pas eu besoin d'entendre vos sollicitations; je ne me suis point fait prier, & j'ai toujours agi avec cette impulsion prompte & généreuse dans toutes les actions de ma vie... quand vous lui aurez fait autant de bien, alors...

LE COMTE.

Si cela m'étoit possible... mais j'applaudis fort à cette union.

LE BARON.

Que vous applaudissiez, ou que vous n'applaudissiez pas, elle se fera toujours. Je suis le maître, maître absolu, & votre agrément est ici chose superflue...

LE COMTE.

Mais je ne dis pas, Monsieur...

LE BARON.

Quel avantage lui faites-vous, voyons: vous

prodiguez les ſermons, les conſeils, les avis ; oh! cela ne vous coûte rien... ils ſeront époux, parce que je le veux, & non parce que cela vous plaît: quand vous ſerez bienfaiteur comme je le ſuis, vous pourrez parler alors.

LE COMTE.

Auſſi je me tais.

LE BARON.

Ce n'eſt pas aſſez...

LE COMTE.

Eh, quoi donc ?

LE BARON.

Perſuadez-vous que la généroſité de nos actions répond toujours au degré de nobleſſe que nous poſſédons. (*prenant Eraſte par la main*) Allons, mon gendre, allons!.. nous chaſſerons le ſanglier pour le repas de noces...

CONSTANCE, *ſaiſiſſant la main de ſon oncle avec attendriſſement & reconnoiſſance, & comme peinée de ce qu'elle vient d'entendre.*

Ah! mon oncle!

LE COMTE, *bas.*

Au lieu de me fâcher, cela m'a diverti...

ERASTE, *revenant ſur la ſcène.*

J'ai une grace à vous demander, Monſieur.

CONSTANCE.

Ne nous refuſez pas, mon pere... je vous ſupplie.

LE BARON.

Quoi! (*à part*) ce retour m'intrigue.

ERASTE.

Dans ce jour, signalez votre clémence ; la clémence est le plus bel attribut de la souveraincté ; vous réunissez le droit & le pouvoir de punir, faites-les céder à la commisération...

LE BARON.

Eh ! de quoi, de quoi s'agit-il ?..

CONSTANCE.

Mon pere ! délivrez ce malheureux Braconnier, pere de six enfans, que vous avez fait descendre dans les prisons de votre château... que votre pitié...

LE BARON.

La pitié envers ces drôles-là est foiblesse : pourquoi vouloir désarmer ma justice ? C'est enhardir les coupables : faut-il souffrir l'impunité de pareils attentats ?.. tuer mes lievres !.. est-ce que le droit de la chasse, c'est-à-dire, l'ordre public, ne requiert pas la rigueur !.. Qui distinguera donc nous autres grands Seigneurs, de cette roture ?..

CONSTANCE.

Votre juste ressentiment doit s'appaiser ; il est si beau de faire grace... Voyez tous les noms illustres que consacre l'histoire, ils sont tous fameux par des actes de clémence. Voulez-vous que l'on dise, que l'on imprime dans l'histoire qui va parler aux siecles futurs : *le jour du mariage de sa fille, jour marqué par l'allégresse de la province, il a retenu dans l'obscurité profonde des cachots, un infortuné vassal qui, du fond de son abyme, lui crioit miséricorde...*

LE BARON.

Allons ; ces malheureux historiens prendroient & rendroient les choses tout de travers, ils feroient de moi... & je ne serois pas là pour les châtier ; qu'on le délivre : & de peur que les autres ne se targuent de cet excès de clémence, qu'il vous doive cette amnistie, & qu'il vous en rende graces, à vous, ma fille, & à vous, mon gendre, & non à moi...

CONSTANCE.

Cette générosité, mon pere, ne blessera point votre justice.

FIN.

www.ingramcontent.com/pod-product-compliance
Ingram Content Group UK Ltd.
Pitfield, Milton Keynes, MK11 3LW, UK
UKHW021558260726
13993UKWH00002B/910